재밌는 건 다 내 꺼!

`

재밌는 건 다 내 꺼!

캐리 지음

북하우스 엔

만난 지 100일째 되던 날

뜬금없는 오빠의 프러포즈

평소 독신을 지향하던 나는
오빠의 프러포즈를 단칼에 거절했습니다.

그리고 그날 이후...

오빠의 끈질긴 구애가 시작되었고,

나는 열심히 도망쳤지만,

결국 발목을 잡히고 말았습니다.

차례

재밌는 건 다 내 꺼! _111

#04

따로 또 같이 _149

캐리

작고 오동통한 체구에 장난 가득한 표정과 짝짝이 눈썹, 어쩌다 보니 웹툰 작가. 혼자 있는 게 편하고 좋다던 캐리는 캐리맨과 결혼한 후 뭐든 함께 하지 않으면 안 되는 '오빠 바라기'가 되었다. 바다보단 산을 좋아하고, 좋은 길보단 거칠고 힘든 길을 즐기는 모험가 기질에 왈가닥 성격의 소유자이며, 세상에서 요리하는 게 제일 싫다면서 정작 주방용품에는 눈을 반짝이며 아낌없이 투자할 줄 아는 천생 여자이다.

좋아하는 것은 오빠 놀래키기, 오빠 카드로 쇼핑하기, 오빠와 카페 가기. 싫어하는 것은 요리, 주방, 밥 하기.

캐리맨

짙은 송충이 눈썹에 시원시원한 이빨 미소, 한창
어른의 장난감에 심취해 있는 디자이너. 일에 있
어서는 밝고 명쾌한 디자인을 지향하면서 정작
본인은 회색만 고집하는 회색남이다.
언제나 즉흥적이며 모험을 즐기는 캐리에 비해
늘 계획하고 미리 준비하며 안전한 것을 선호한
다. 집안일로 주말 설거지와 화장실 청소를 담당
하며, 매일 오빠 몰래 야금야금 쇼핑하는 캐리를
감시하지만 치킨과 전자 기기에는 언제나 관대
하다.
좋아하는 것은 특전사 자랑하기, 맛집 찾아가기.
싫어하는 것은 새.

#01

서툴러도 괜찮아

자취생활 10년 동안 인스턴트 음식 말고는 요리라곤 해본 적이 없었다. 누구나 다 하는 라면도 끓이는 쪽보단 차라리 설거지가 마음 편한 '요알못'이었다. 그래서인지 결혼과 동시에 입문하게 된 요리는 마치 커다란 미션처럼 느껴졌다.

오늘은 뭘 먹지?
어떻게 만들지?
아침은 어떻게 챙기지?

국이 없으면 안 될 것 같고, 아침을 챙기지 않으면 왠지 모를 죄책감에 하루 종일 마음이 무거워졌다. 결혼하면 매일 뭘 먹을지 고민하게 된다더니, 그 말에 100프로 공감하는 순간이다.

일단 마트에 가서 오빠가 좋아하는 것들로 장바구니를 채우고 돌아와 요리를 시작했다. 각종 요리 어플과 블로그를 스승 삼아 소금 한 꼬집, 간장 한 숟갈에 신중을 기하고, 가끔 2프로 부족하다 싶을 땐 몰래 '고향의 맛'을 써보기도 하고… 장장 한 시간에 이르는 긴 레이스 끝에 마침내 김치찌개와 계란말이 완성!

예쁜 그릇을 준비해 옹기종기 담아냈다.(바로 이 순간이 하이라이트!) 이 소박한 저녁 밥상을 맛있다며 한 그릇 뚝딱 비운 오빠. 왠지 모를 뿌듯함과 고마움, 행복감이 왈칵 밀려들었다.

저녁 준비 하느라 고생했다며 오빠가 설거지를 맡았다. 어울리지도 않는 핑크색 고무장갑을 끼고 싱크대를 온통 물바다로 만들어버렸지만, 열심히 하는 뒷모습이 그저 귀엽고 예쁘기만 했다.(나 콩깍지 씐 거니?)

요리는 여전히 어렵다. 그렇지만 뭐든 맛있게 먹어주는 사람이 있고, 서툴러도 열심이라는 걸 알아봐주는 서로가 있으니, 해볼 만하다! 아자, 아자!

레시피는 간단한데, 요리는 간단히지 않디.
난 언제쯤 레시피 없이 저녁 준비가 가능할까?

#레시피 #보고또보고
#같은레시피 #다른요리

오빠의 직업은 디자이너.
흔히들 디자이너는 옷을 잘 입을 거라 생각하는데,
오빠는 가끔 말도 안 되는 깔맞춤을 선호한다.
그래서 오늘은 스님이 되어 나타났다.
나무아미타불 관세음보살…

#오늘의코디룩 #회색 #깔맞춤 #스님st

한밤에 까톡

뭐해?

!!!!!!

깜짝!

까톡-
누구지? 이 야심한 밤에…
살짝 볼까?
아냐 아냐! 궁금해두 참자~
어느새 나의 두 손에는 오빠의 핸드폰이 들려 있고…

#카톡 #훔쳐보기 #있기없기?

우리 집 강아지

"우쭈쭈~ 호이호이~ 오구오구오구!!!"

틈만 나면 볼 꼬집고, 턱 만지고, 머리를 헝클어버리는 오빠.
가끔 귀찮기도 하지만, 다 나를 좋아해서 그러겠지 했는데,
지나가는 강아지한테도 똑같이 하더라…

#자꾸 #강아지 #다루듯이 #놀려요

가끔 하지 말라면 더 하고 싶은 욕심이 생긴다.
그리고 결과는 항상 좋지 않았던 것 같다.

#뭐든적당히 #지나친장난 #금물

밥 먹어야징~

밥이 없다..

그럼 라면 먹어야지..

라면도 없다..

헹~

배고픔이 극에 달하던 날,
오늘은 왠지 김치만 있어도
세상 맛있게 밥을 먹을 수 있을 것 같은 느낌!
그런데, 밥이 없다.
라면도 없네?

#본의아니게 #강제 #다이어트

여자의 외출 준비

그냥 대~충 파운데이션 조금 바르고, 눈썹 그리고,
아이섀도로 눈에 그윽하게 음영만 넣어주고,
생기 있게 볼터치 한 다음, 입술만 촉촉하게 발랐을 뿐!
정말 정말 대충 하는 거야~

#외출준비 #최대한 #대충

마중도 식후경

어디야?
나 도착했어~

두리번   두리번

어~거의 다왔어
조금만 기달려;;

빨리 와~

마중도 식후경이라 했던가…
고새를 못 참고 숨어서 군것질 중.

#오빠는 #어묵킬러

베스트 드라이버의 꿈

오빠가 술 약속이 있는 날,
내가 직접 운전해서 마중가는 모습은 상상만 해도 멋진 일이다.
그래서 어렵게 운전면허를 따고, 오빠에게 연수를 받는데,
벌써 주차만 10분째 반복 중…
전진 후진… 전진 후진…
도무지 감이 오질 않네…

#운전연수중 #전진후진 #주차만 #10분째

대만으로 해외 출장을 떠나는 오빠.
보낼려니 걱정되고, 아쉽고,
그동안 혼자 지낼 생각하니 쓸쓸하기까지 하다.
그래도 약속은 꼭 지켜주길 바라. :)

#출장 #잘다녀와요 #빈손으로오기없기 #난뭐하고놀지

5박 6일간의 출장을 마치고 돌아온 오빠.
귀국하기 전날까지 엄청난 걸 준비했다며 잔뜩 설레이게 했는데,
죄다 먹는 거뿐…
작고 반짝이는 걸 원했는데…
이건 아니다 스튜핏!!

#슈퍼울트라스튜핏 #그래도 #기쁘다오빠오셨네

결혼해서 좋은 것

네 돈 내 돈, 그냥 다 내 돈

이젠 누가 더 내고 덜 내고는 중요치 않다.
어차피 다 내 돈이니까.

어느 날 머리가 부쩍 자란 오빠를 발견했다.
미용실을 가기엔 뭔가 애매한 길이…
그래서 장난 반 진담 반으로 제안해보았다.

"오빠 내가 머리 잘라줄까?ㅋ"
"뭐? 니가?? 안 돼!"

"왜에~ 살짝 다듬기만 할게~"
"흠…진짜 잘할 수 있겠어?"

하하…정말 나한테 머리를 맡길 줄은 몰랐다…
(장난이었는데ㅋ)
싹둑싹둑… 손이 간다 손이가~ 자꾸만 손이가~
그날 오빠는 빙구머리가 되었다고 한다.

#약은_약국에서 #머리는_미용실에서

한때 집에서 요가하는 연예인들이 멋져 보였던 나!
오빠의 걱정 어린 목소리에도 아랑곳 않고
나름 고급진 요가 매트를 구입했다.
작은방에 펼쳐놓고 매일 요가를 하겠다 다짐했는데,
벌써 5개월째 방치 중…

#요가 #오늘말고 #내일부터다시 #파이팅

시간 볼 때 자꾸 마주하게 되는 4시 44분.
게다가 오늘은 4월 4일이네… 꺅!!!!
괜히 찜찜하게 느껴지는 오늘,
4랑해 4랑해 4랑해 4랑해
4번만 말해 보세요.
오늘 하루 4랑이 가득한 일만 생길 거예요.
뭐든 생각하기 나름이니까요. ;)

#항상 #좋은생각만하기 #쪽번호_주의

오빠의 데이트 코스

어느 날 오빠가 환상의 데이트 코스가 있다며
무작정 데려간 곳은 아무것도 없는 황량한 '댐'…
심지어 날씨마저 최악이다.
도대체 댐은 왜 오자고 한 거야?

#아무리생각해도 #댐은_아닌듯

오빠가 사진 찍어줄게

한때 사진 좀 찍었다던 오빠.
하지만 카메라를 맡기면,
나는 머리 큰 난쟁이 똥자루가 되어 돌아온다.

#오빠가찍어준사진 #난쟁이 #빵떡 #대두

체중계의 거짓말

오빠와 나는 매일 습관처럼 체중계에 올라선다.
그때마다 서로 발을 이용해 체중계 조작에 열을 올리곤 하는데…
오늘은 내가 당했네.

#자꾸 #체중계가 #거짓말해요

"주말엔 내가 설거지 맡아서 할게."
"헐? 정말??"

무슨 바람이 불었는지 주말 설거지를 자처한 오빠.
나야 거절할 이유가 없지.
새끼손가락까지 걸며 기꺼이 수락했다.
그렇게 4주가 흘러 오늘도 오빠는 설거지맨이 되어 있다.

#이왕하는거 #금요일도_부탁해

오늘의 메뉴는?

"오늘 뭐 먹고 싶어?"

저녁 시간이면, 항상 오빠에게 묻는 질문.
메뉴 선정에는 까다로운 절차가 필요하다.
먼저 조리 방법이 간단해야 하며, 재료값이 비싸면 안 되고,
설거지가 많지 않아야 한다.
무엇보다 내가 먹고 싶어야 한다!

#오늘_메뉴는 #내가먹고싶은것 #답정나

즐거운 명절

즐거운 명절,
먹지만 말고 함께해요.^^

#일복터지는날 #나만빼고 #즐거운명절

시골로 장가가고 싶다던 오빠의 소원은
결혼과 함께 노동으로 이루어졌디.

#엄마의_호출 #비오기를바랐지만 #결국 #풀타임노동

영양 만점 계란 반찬

큰일이다.
지난번 사다 놓은 계란의 유통기한이 오늘까지다.
어쩌지. 버리긴 아깝고…
안 되겠다. 오늘 반찬은
계란으로 올인한다.

#계란좋아하니까 #많이먹어요

남자라면 비빔면 정도는
5봉지를 한 번에 먹을 수 있어야 한다던 오빠!
4봉지가 한계였다.

#남자답게 #비빔면5개 #도전

예전부터 오빠가 입버릇처럼 하는 말이 있다.

"왁스 바르면 다 끝난데이~"

도대체 저 근거 없는 자신감은 어디서 나오는 걸까?
내 참…

#왁스_바르면 #생기는 #오빠의_근자감

세상 귀찮은 것 중 하나인 쓰레기 버리기.
오늘처럼 쌀쌀한 날씨엔 귀찮음은 더더욱 배가 된다.
그래서 다짜고짜 가위.바위.보 ―
후후후후~
어차피 오늘은 내가 몹시 귀찮으므로
이기나 지나 승리는 나의 것. :D

"이긴 사람이 다녀오기로 했잖아~ 나녀와요."

#가위바위보 #내기 #어차피_승리는 #나의것

우리 집 냉장고도 부탁해

항상 정체불명의 음식으로 가득 차 있는 우리 집 냉장고.
하지만 왜 먹을 건 없는 건지…
오늘부터 냉장고 파먹기에 도전한다.

#냉장고파먹기 #우리집 #냉장고를부탁해

모델이 입으면 이지룩,
내가 입으면 도인룩이 되는 신기한 마법.

#도인룩 #옷이_잘못했네

둘만의 피크닉

돗자리 하나 달랑 챙겨온 소박한 피크닉.
도시락은 편의점표 김밥이 전부이지만,
이것마저 특별하게 느껴지는 하루.

#소박하지만 #알찬 #기억

셀프 인테리어

한 번쯤 꼭 해보고 싶었던 셀프 페인팅.
페인트, 롤러, 마스킹까지 모든 세팅을 마치고
인증샷 찍기에 신이 났는데,
딱 여기까지만 좋았다.

#셀프페인팅 #힘들어서 #두번은못하겠다

영원한 내 편

내가 잘했든 못했든 오빠는 항상 내 편♡

#02

변했다, 당신

오빠를 만나고 나는 별명 부자가 되었다. 모두 오빠가 지어준 것으로, 무려 스무 개가 넘는다. 그날그날의 기분에 따라 여러 가지 이름으로 불리곤 했는데, 어떤 날은 복실복실한 강아지 같다며 '삽살 강아지'가, 또 어떤 날은 세상에서 제일 귀여운 '상귀요미'가 되어 있다.(지금은 한 단계 업그레이드된 상겸이) 그 밖에도 차마 말하기 부끄럽고 창피한 별명들이 십여 개 더 있다.

적어도 오빠에게는 세상 귀엽고 사랑스러운 존재였던 나는, 어느새부터인가 '잔소리꾼'에 '심술 대마왕'으로 전락하고 말았다! 이럴 수가… 심술 대마왕이라니… 너무해. 마냥 상냥하고 다정하던 나는 온데간데없이 심술 가득한 목소리로 매일 폭풍 잔소리만 한다며 오빠가 지은 새 별명이다.

"세면대에 물이 튀지 않게 조심히 씻어야지!"
"제발 변기 뚜껑 좀 닫고 물 내리라니까!"
"물 마실 때 병에 입 대지 말고 컵에 따라 마셔야지!"

나는 오빠의 이런 생활습관들을 이해할 수 없었고, 눈에 띌 때마다 지적했더니 '심술 대마왕'이 되고 만 것이다.(억울해!)

한동안 다툼이 잦았다. 이런 대결 국면은 결혼 후 처음이었다. 우리는 절대 양보와 타협 없이 평행선을 달렸다. 피도 눈물도 없는 자존심 대결이 펼쳐졌다. 그런데 이 재미없고 지루한 싸움은 생각보다 흐지부지 끝이 났다. 무조건 고쳐야 한다는 생각에서 서로가 맞춰나가자는 방향으로 생각을 달리 하니 스스로 알아서 바뀌기 시작한 것이다. 이렇게 해결되는 문제를 왜 그동안 열을 냈는지 지금 생각하면 조금 허탈하기도 하다.

서로를 향해 으르렁대던 시간을 떠나보내고 나니, 다시 예전의 사랑스럽던 그가 찾아왔다. 오빠도 그랬나 보다. 아침에 퉁퉁 부은 얼굴로 마주해도, 거실에 아무렇게나 널브러져 있어도, 마냥 예쁘고 사랑스럽다는 오빠의 말이 오늘도 나를 으쓱하게 만든다.(염장질로 마무리해서 미안합니다.)

오늘도 똥머리

날씨가 추워지면, 씻는 게 너무너무 귀찮다.
특히, 머리까지 감는 건 엄청난 각오와 열의가 필요한데,
긴 머리는 말리는 게 여간 귀찮은 일이 아닐 수 없다.
그래서 요즘 머리를 자주 안 감는다. 헤헤~
대신 머리 안 감은 날 부득이 외출을 할 때면
똥머리로 위장하곤 하는데,
냄새까지는 어찌할 방법이 없네. ㅋㅋㅋ
똥머리라 똥내가 나는 거겠지~ 하고 참아줘요~

#머리안감은날 #똥머리 #위장술

좀.. 하얗게 뜬 것 같지 않아?

평소 귀찮다며 선크림 바르기를 거부하던 오빠.
매일 아침 내가 억지로 발라주곤 했는데,
이젠 슬슬 귀찮아지기 시작했다.
그래서 직접 발라보라 했더니,
오빠는 곰손이라서 내가 꼭 해줘야 한단다.
나는 오늘부터 곰손이 되기로 했다.

#선크림은 #처발처발해야_제맛

풍- 푸르륵

오늘노 우리 집 방귀 대장은 열일 중.

#아침에_뿌앙뿌앙 #점심에_뿌락 #저녁에_파르르

도와줄게, 다이어트

오빠가 다이어트를 선언했다.

"오늘부터 살 뺄 거야! 그러니까 야식 금지!"

그렇다면 내가 가만히 있을 수 있나.
온 힘을 다해 도와주기로 했다.
하지만 오늘은 토요일…

#다이어트는_내일부터 #오늘까지만 #먹자

오빠가 바람을 폈다!

오빠가 바람을 폈다. 꿈에서…

#꿈에서도 #나만_바라봐

하나 둘 셋 하면, 일어나는 거야!

하나.. 둘.. 셋!!!!

안 되겠다~
10분만 더 자자

아침형 인간의 꿈은 저 멀리~

#몸따로마음따로 #매일아침 #이불과한몸

오빠는 피규어를 좋아하는 키덜트족이다.
그래서 집 안 곳곳 오빠가 애정하는 피규어들로 가득한데,
정소하던 중 하필, 오빠가 제일제일 아끼는 피규어를 망가뜨리고 말았다.
용서를 구하는 데 꼬박 일주일이 걸렸다…

#이제_그만 #화풀어요

"오빠 특전사 아이가!! 전사 전사 특전사~♪"

평소 특전사 출신이라 자랑하며 노래를 부르던 오빠!
하지만 새들 앞에서는 한없이 작아진다.

"무…무섭데이…"

하늘의 왕자라더니…ㅉㅉ

#특전사_버프도 #소용없는 #새

출근 인사는 필수

춥고 귀찮아도 출퇴근 인사는 꼭 해주기.

#출근배웅 #오늘도파이팅 #잘다녀와요

주방용품 컬렉터

요리를 싫어하는 나는 아이러니하게도
주방용품에는 관심이 많다.
특히 예쁜 그릇이나, 유리컵, 조리도구만 보면
몇 번이고 들었다 놨다를 반복하다 결국 하나 들고 나오게 된다.
이럴 때 보면 나도 천생 여자인가 보다~

#주방용품 #쇼핑잼 #요리는_핵노잼

캐리와 캐리맨은 냉전 중

싸움은 항상 어이없게 시작된다.
물병째 입 대고 마셨다거나,
반찬이 맛이 없다고 했다거나,
그리고 무심한 말 한마디 같은 작은 불씨가 화를 부른다.
때론 나의 잘못으로 다툼이 시작되기도 하지만,
자존심이 강한 나는 절대 인정하고 싶지 않아 끝까지 버티곤 한다.

"흥! 절대 내가 먼저 안 풀 거얏!"
(먼저 사과하면… 뭐, 조금 생각해볼게.ㅋ)

#별것아닌일 #싸우지_말아요 #우리

밤 9시가 되도록 밥 안 먹고 기다린 오빠…
제발 밥은 알아서 챙겨 먹으면 안 되겠니?

#혼자서도잘해요 #제발

숨어서 놀래키기

항상 나만 재밌어 하는 오빠 놀래키기!
하도 많이 해서 그런가 이젠 놀라지도 않네…
슬슬 노잼이 되어가는 중.
새로운 것이 필요하닷!!

#나만 #재밌는놀이

뭐든 다 받아주던 오빠.
이젠 내가 버거운가 보다.

#내가_변한거니? #네가_변한거니?

마리모를 키우기 시작했다.

이름은 미남이로 지었다.

오빠가 이상하다.

미남이,
그리고 나의 미남씨.
(마리모는 기분 좋을 때 물 위로 '둥둥' 뜬다고 합니다.)

#우리집 #반려식물 #반려남편 #이름은_미남이

거의 90퍼센트는 맛집 프로에서 결정된다.

#이번주는 #양꼬치가좋겠어

억울하지 않아

매일 밤 야식으로 한껏 부푼 나의 몸뚱어리.
먹고 나면 항상 후회만 남는다.
그래도 한 가지 다행인 건,
똑같이 살쪄서 억울하진 않다.
헤헤~

#사이좋게 #살쪘어요

20대엔 외모 고민
30대는 피부 고민

#오빠는_무념무상

오빠의 낡고 늘어난 티셔츠는
나의 새로운 홈웨어가 된다.

#새로운 #홈웨어 #탄생

나의 드라마 몰입을 방해하는 오빠의 한마디.

"세상에 저런 남자가 어디 있냐?"

#내옆에 #오징어있다

저녁 먹고 운동하기

저녁 먹고 운동하기.
이젠 우리 일상에서 빠질 수 없는 필수 코스가 되었다.
하지만…

"오빠, 오늘은 월요일이니까 운동 쉴까?"
"콜!"

자주 빼먹는 게 함정. :)

#오늘도 #운동가야지 #헛둘헛둘

어느 날 인터넷에서 페인트통을 재활용한 화분을 보고
단단히 꽂혀버린 오빠.
페인트통은 어디서 구했는지 바닥에 신문지를 잔뜩 깔고
드릴로 구멍을 뚫기 시작한다.
그러다 결국 손에 피를 보고야 마는데…
왜 멀쩡한 화분을 바꾸겠다고 이 난리냐며
잔뜩 화를 냈었는데,
막상 만들어놓고 보니…
괜찮다잉 :)

#뭐든_좋으니 #다치지만_말아요

매일 듣고 싶은 말

"지금이 딱 좋아!"

#매일듣고싶고 #확인하고싶어

올 여름에도 부탁해. :)

#에어컨은_장식품

오빠 바보

"오빠, 나 신발끈 풀렸어~"
"오빠, 나 음료수 뚜껑 좀 열어줘~"
"오빠~ 오빠~!!"

하루 종일 입에 오빠만 달고 사는 나,
어느새 오빠 바보가 되어버렸다.

#하루종일 #오빠바보

꿈돌이

나의 별명은 "꿈돌이"
뭐든 생각하고 말하면 그대로 꿈속에 반영된다며,
오빠가 지어준 별명이다.
오늘밤 꿈속에는 만화 속 왕자님이 나오기를~

#오늘도 #꿈에서_만나요

결혼해서 좋은 것

쌩얼 부심

쌩얼도 예쁘다는 오빠의 말에 오늘도 자신감 업!!
이렇게 편한데, 왜 진작 몰랐을까?

#03

재밌는 건 다 내 꺼!

"먹는 것만 봐도 배가 부르네."

엄마 아빠가 내게 자주 하시던 말씀이다. 어릴 땐 그저 아리송하고 이해되지 않던 이 말이 어른이 되고 사랑하는 사람이 생기고 나니 너무나 공감되기 시작했다. 가령, 빵 한쪽을 나눠 먹어도 조금 더 큰 쪽을 오빠에게 건네게 되고, 힘들고 귀찮은 집안일은 내가 조금 더 맡아서 하는 편이 나았다.

물론 우리 엄마 아빠만큼 되려면 아직 멀었다. 이런 나의 한없이 넓고 따뜻한(!) 마음을 오빠가 전혀 모르는 것 같다는 느낌이 들면 슬그머니 화가 나기도 한다.

'왜 항상 나만 양보하고 참아야 하는 건데!'

누가 시켜서가 아니라 내가 좋아서 했던 행동들인데, 나는 왜 열을 내는 걸까?

문득 얼마 전 있었던 일이 떠올랐다. 오빠가 오래전부터 갖고 싶어 했던 PS4를 큰맘 먹고 사오던 날, 오빠는 나더러 상자를 개봉하라고 말했다. 이게 뭐 그리 대단한 일인가 싶겠지만, 상자 개봉은 누구에게도 양보할 수 없는 오빠만의 큰 기쁨이자 특별한 순간이다. 그런 개봉 우선권을 내게 주다니!!! ㅠ.ㅠ

오빠는 잔뜩 신이 나서 포장을 하나하나 뜯는 나의 모습을 흐뭇하게 바라보며 사진 찍고 있었다. 그러고 보면 자기가 생각하는 가장 특별한 순간들을 오빠는 모두 나에게 양보하고 있었다. 각자의 영역 안에서 서로를 배려해주고 있었는데, 너무나도 익숙해져서 느끼지 못했던 것이다.

이미 재미있고 좋은 건 모두, 오빠는 나에게, 나는 오빠에게, 서로에게 주고 있었다. 먹는 것만 봐도, 기뻐하는 얼굴만 봐도, 내 곁에서 숨만 쉬어도, 그저 배가 부르는 것. 오늘도 사랑 하나를 배웠다.

뭐든지 잘 들어주는 오빠

사실 아무 말 안 했는데,
혼자 세상 진지하다.

#소근소근 #속닥속닥 #쑥덕쑥덕 #귓속말 #장난

나쁜 남자

화장실 갈 때마다 장난스레 던졌던 말에
오빠는 나쁜 남자가 되어 있었다.

#세상억울 #장난이에요

왜 항상 택배는
급할 때 옥천HUB라는 깊은 늪에 빠지고 마는가.
내일 당장 입어야 하는데…
언능 보내주세요. ㅠㅠ

#배송조회 #무한반복 #현기증난단말이에요

나의 짧고 통통한 다리
이렇게라도 만족해본다.

#그래봤자 #깻잎한장차이

재밌는 건 다 내 꺼!

핸드폰도, 컴퓨터도, TV도
재밌는 건 다 내 꺼!

#욕심쟁이우후훗

오빠는 불면증

오빠가 요즘 불면증이라는데,
도통 이유를 모르겠다.

#꿀수면중 #침대_코너몰기

이제 내 소원을 들어줘요. :)

#인생은 #철저한 #기브앤테이크

자고로 등산은 먹는 재미지.

#짐은_오빠가

내 동생은 옷가게 사장님이다.
집에 가족들만 모인다 하면 보따리를 잔뜩 싸와
방판을 시작한다.

"언니 이거 요즘 완전 잘 나가는데, 싸게 줄 테니까 가져가"
"가족인데 꽁짜로 주면 안 돼?"
"그런 게 어딨어!! 가족이니까 더 확실히 해야지!!"

가족 찬스 따위는 없다. 냉정한 것.
엄마, 언니 할 것 없이 옷 고르는 재미가 쏠쏠.
(옷에 관심 없는 큰언니도 슬쩍 참여했다. ㅋ)
이것이 바로 진정한 홈쇼핑이 아니겠는가!

#집에서 #쇼핑해야 #진정한 #홈쇼핑

톡톡톡톡톡톡톡톡 ..

한 살, 두 살 먹을 때마다 훅 간다는 말을 실감하게 되는 요즘,
필사적으로 젊음을 지키기 위한 노력.
톡 톡 톡 톡 톡 톡 톡 톡…

#무한 #톡톡톡

나의 동그란 얼굴이 싫다.

자꾸 얼굴이 동그랗다며 놀리는 오빠,
섀도잉으로 계란형 얼굴 만들기에 돌입했다.

#파워 #섀도잉 #욕심은_금물

항상 머리 감고 나면 한 움큼씩 쌓여 있는 털.
온 집 안 구석구석 흩어져 있는 오빠의 다리 털.
치우는 건 언제나 나의 몫.

#끝이없는 #털과의전쟁

미안… 방금 그거 발톱이었어…

#손톱발톱 #깎기 #혼자있을때 #관리하자

길냥이만 보면 자꾸 카메라부터 들이댄다.

#살금살금 #찰칵찰칵 #길냥이좋아

"앗 기다려!!"

찰칵- 찰칵-

"자~ 먹자."

#식후인증도_필수

2년간의 지루한 노예생활을 끝내고
오늘 3년짜리 호갱이 되었다.

#본격 #호갱스타그램

옷 좀 바꿔달라던 오빠,
원하시는 대로 해드렸다.

#오빠_뜻대로 #내_맘대로 #강제_커플룩

결혼해서 좋은 것

여행의 즐거움

시간과 돈만 있다면 언제든지 떠날 준비 끝!

대박의 꿈

처음으로 로또를 사던 날
잠시 동안 부자가 되어본다.

#이미_마음은_건물주 #김칫국드링킹

지저분하게 자라난 털들을 보면
나도 모르게 샘솟는 뽑기 본능.
미안…그치만 재밌는 걸…

#아는_사람만_아는 #뽑는재미

날파리 테러

공원으로 기분 좋게 운동 나가던 날
때 아닌 날파리 테러를 당했다.
얼굴이고 옷이고 사방팔방 들러붙는 통에
정신을 못 차리고 있는데,
왜 오빠한데는 인 꼬어드는 서지????
왜??

#날파리_테러 #억울하다 #같이당하자

스키니진을 입어볼까?

힘들게 입긴 했는데, 이제 벗는 게 문제.

#스판없는 #스키니진 #너무해너무해

아니면 찢청을?

찢청을 입어볼까 했다.

찌직-

그래서 입지 못했다.

#찢어진청바지 #발로 #찢었엉

시식하는 재미
구경하는 재미
쇼핑하는 재미
무엇보다 함께하는 재미!

#언제나 #즐거운 #마트구경

친구들과 사진 찍기는 한 번에 끝나는 법이 없다.

"자~ 하나, 둘, 셋!" 찰칵-
"음… 다시 찍자~"

#내가_제일 #잘_나올때_까지

집들이 선물

오빠 친구가 놀러 오던 날,
생각지 못한 큰 선물을 받았다.
그리고 생색은 덤으로 얻었다.

#고마운선물 #생색은_덤

우리의 눈높이 대화는 이번에도 통했다.

#눈으로_말해요

결혼해서 좋은 것

흐아암~

새로운 습관

아침밥 꼭 챙겨 먹기. 건강해지는 거겠지?

#04

따로 또 같이

처음엔 낯설고 어색하게 느껴지던 서로의 물건들이 이제는 당연하고 익숙한 존재가 되었다. 베란다 빨래 건조대에는 오빠와 나의 속옷이 걸려 있고, 침대 옆 화장대에는 내 화장품과 각종 미용 도구들로 가득하다. 욕실에는 칫솔과 수건이 두 개씩 나란히 놓여 있고, 선반 한 켠에는 오빠의 전기 면도기가 있다.

마치 하나의 공식처럼 자리한 오빠와 나의 작은 흔적들. 어느새 우린 실과 바늘처럼 모든 것을 함께 나누고 공유하는 세트 아이템이 되어 있었다.

처음 만났을 때부터 죽이 잘 맞았지만, 결혼으로 본격적인 한 세트가 된 이후로 일상에서 잔잔한 변화가 찾아왔다. 언젠가부터 같은 곳을 바라보게 된 우리는, 보기 좋은 허울보단 실속에서 더 큰 만족을 찾고, 소박함에서 재미를 느끼기 시작했다.

이제는 근사한 곳에서 먹는 파스타보다 오빠가 해주는 몹시 불량한 해물 떡볶이가 더 맛있고, 사람들로 북적이는 영화관보다 집에서 치맥과 함께하는 예능이 더 좋다.

함께가 아니면 불안하고 조바심 나던 마음도 시간이 흐르면서 자연스레 누그러졌다. 서로의 시간을 존중하며 홀로 느긋하고 여유롭게 보내는 법을 배우게 되었다. 물론 아직까진 함께하는 게 훨씬 더 좋지만…(오빠를 혼자 둘 수 없다고!)

점점 완성되어가는 우리.
둘이 함께라면 먼 미래가 더 이상 두렵지만은 않다.

오늘도 실패.

#심심한걸_어떡해 #뭐든_함께

어머? 옆에 있었네?

들으라고 한 건 아닌데…
헤헤~

#소원들어주는 #인형놀이

우연히 홈쇼핑에서 발견한 깔라만시!!
몸에도 좋고 맛두 좋다는 말에 냉큼 주문해봤는데…
역시나 몸에 좋은 게 맛있을 리 없지.

#건강챙기기 #맛없어서_실패

있고 없고의 차이는 명확하다.

#빈손으로오기없기 #양손가득히

기습 공격

츄릅~

캐리~

웅?

ㅋㅋ 잠깐만~

툭!

아이고~ 좋다~

헛둘

헛둘

오...

오빠!

오빠!!

우씨!! 오빠, 가만 안 둘 거야!!!

#신개념 #얼음땡놀이

하고 싶은 게 너무 많은 우리.
취미는 다양하되, 짧고 굵게 끝내기로 한다.

#점점 #쌓여가는 #계륵템

아..뭐 하지?

뭐 할까?

뭘 하면 좋지?

하하..

기분은 좋은데 딱히 계획은 없고…
고민만 가득.
그래도 신난다! 꺄륵꺄륵~

#이러다 #방콕각

오늘도 티격태격, 투닥투닥.
다 사랑해서 그런 거야.

#사랑싸움

처음 유럽으로 떠나는 장거리 여행.
11시간 50분 고행이 시작되었다. (ft.아직반도안옴)
설레서서 잠도 안 오고, 다리는 저리고…
이것이 꿈에 그리던 유럽 여행인가…

#비행기안에서 #고행 #현실여행

사실 못 알아들었는데, 아는 척 좀 해봤다.

#프라하 #맥주 #맛있엉 #두번머겅

역할 분담

나는 엄청난 길치에 방향치.
오빠는 영어 울렁증.
철저한 역할 분담으로
가까스로 살아 돌아왔다.

#유럽 #자유여행 #역할분담

길 찾는 건 오빠가,

말하는 건 내가

기본 2시간

168

시작은 항상 이렇다.

"언니 나야~"
"응~ 왜?"
"그냥 전화했어~ 뭐 해?"

그렇게 통화는 2시간째 이어지고…

#동생과 #통화하기 #기본2시간
#나는_아직 #할말이많다

세상 다정한 오빠는
오늘 천하에 몹쓸 사람이 되었다.

#보이는게전부가아닌데 #세상억울

치맥+예능=금요일
마치 공식처럼 치러지는 우리의 금요일 행사.
이번 한 주도 수고했어요.

#금요일 #치킨공식

"오빠! 나 인형 뽑아줘~"

장난이라도 이 말만은 하지 말았어야 했다…
이제 그만하고 가자…제발…

#인형뽑기 #그만 #멈추어다오

운동하던 중 새로 오픈한 핫도그 가게 발견!
우린 결심했다.

"저건 먹어야 해!!!"

#다된_운동에 #핫도그_뿌리기

오빠와 나는 귤 덕후.
귤 한 박스를 살 때면 겨울이 왔음을 실감하게 된다.

#귤_말고 #꿀_주세요

추운 한파가 몰아치는 날이면, 서로 챙겨주기 바쁜 우리.

#목도리해야지 #장갑껴야지 #모자도써야지

유난히 출출한 밤…
결국 참지 못하고 편의점으로~

#편의점 #데이트 #맛있는건0칼로리

이불을 덮자니 덥고~ 안 덮자니 춥고~
이상하게 다리 한쪽이면 해결이 되더라. ㅋ

#나의 #숙면 #솔루션

같은 물건 다른 느낌

같은 물건이지만 왜지 제일 안쪽 진열 상품이
더 새것 같아서 좋다.

#같은물건 #다른느낌 #뭐든새거는다좋아

첫눈과 함께 추운 겨울이 찾아왔다.
포근포근한 담요와 따끈따끈 보온 물주머니
그리고 후끈후끈한 히터만 있으면 올겨울 준비 끝!

#포근포근 #따끈따끈 #후끈후끈

독감으로 고생하던 날,
밤새 간호해준 고마운 오빠.
직접 죽도 끓여주고, 약도 챙겨주고,
이래서 남편이 최고구나 싶다.
그런데 귤은 혼자만 먹었어야 했니?
나 귤 좋아하는 거 알면서…

#평생 #우려먹을테다

맛집 앞에 줄서서 기다리기!
오빠가 추천했던 맛집 순례는
성공보단 실패할 때가 더 많았지만
돌이켜보면 재밌는 추억이 되었다.

#그렇다고 #실패를 #용서한건_아니다

메리 크리스마스

오빠가 만든 파스타는
최고로 맛있었고,
와인은 향긋했다.
너무너무 즐거웠던
우리의 크리스마스 홈파티.

#뒷정리는 #언제나 #나의_몫

갖고 싶은 걸로 시작해본다.

#새해 #동기부여

나이 먹어도 예뻐해줄게요.

#올해도 #행복할거예요

결혼해서 좋은 것

취침 전 폭풍 수다

잠들기 전까지 내 얘기 좀 들어줘.

저의 결혼 소식은 주변인들에게는 꽤나 충격적인 사건이었습니다.
제 동생은 지금까지도 저의 결혼이 믿기지 않는다고 해요.

'나는 결혼 안 할 거야!', '결혼하더라도 최대한 늦게 할 거야'
이런 말을 늘 입에 달고 살았으니, 어쩌면 당연할 겁니다.

사실 결혼에 관심이 없는 척했지만, 그렇다고 평생 혼자 살 자신은 없었습니다.
가끔 불안한 마음에 친구와 사주 카페에서 미래의 남편을 점쳐보기도 하고,
누가 먼저 시집을 가고 늦게 갈지 장난스레 내기도 했었죠.

때가 되면 이 사람이다 싶은 사람이 생길 거라던 누군가의 말이 떠올랐습니다.
정말 나한테 그런 사람이 생길까? 그런 게 정말 존재할까?

불신 가득했던 그때의 마음은 지금의 남편을 만나게 되면서 무한 신뢰로 바뀌었습니다.
어쩌면 우린 운명일 거라는 대단한 착각마저 하게 됩니다.

그도 그럴 것이, 우린 신기할 정도로 죽이 잘 맞는 커플이었으니까요.

좋아하는 것도 싫어하는 것도, 굳이 말하지 않아도 알아서 다 해주는 그런 사이.
세상에 우리같이 잘 맞는 부부도 없을 거라 확신했고, 또 자랑이었습니다.
'그랬었다'는 과거형에서 알 수 있듯이 지금은 다툼의 연속이지만요. ㅎㅎ

앞으로 함께할 미래가 궁금하기도 하고, 조금 두렵기도 하지만,
할머니 할아버지가 되어도 지금처럼 사랑하자는 약속은 변함이 없을 거라 믿습니다.

재밌는 건 다 내 꺼!

© 2018 캐리

1판 1쇄 2018년 5월 28일
1판 2쇄 2018년 6월 14일

지은이 캐리
펴낸이 김정순
책임편집 오세은
디자인 김수진
마케팅 김보미 임정진 전선경

펴낸곳 (주)북하우스 퍼블리셔스
출판 등록 1997년 9월 23일 제406-2003-055호
주소 04043 서울시 마포구 양화로 12길 16-9 (서교동 북앤빌딩)
전자우편 editor@bookhouse.co.kr
홈페이지 www.bookhouse.co.kr
전화번호 02-3144-3123
팩스 02-3144-3121

ISBN 978-89-5605-971-6 03810

이 도서의 국립중앙도서관 출판시도서목록(CIP)은 e-CIP 홈페이지(http://www.nl.go.kr/ecip)와 국가자료공동목록시스템(http://www.nl.go.kr/kolisnet)에서 이용하실 수 있습니다. (CIP제어번호 : 2018014610)